W0217909

Luise Lemke · Lieber 'n bißken mehr …

Lieber'n bißken mehr, aber dafür wat Jutet

Berliner Sprüche

Uffjeschnappt

und hinjeschrieben von

Luise Lemke

Illustriert von Frauke Trojahn

arani

CIP-Kurztitelaufnahme der Deutschen Bibliothek
Lieber 'n bißken mehr, aber dafür wat Jutet:
Berliner Sprüche / uffjeschnappt u. hinje-
schrieben von Luise Lemke. Ill. von
Frauke Trojahn. – Berlin: arani-Verlag, 1981
ISBN 3-7605-8557-4
NE: Lemke, Luise [Hrsg.]

Herausgegeben von Luise Lemke
Redaktion Katharina Janike
Einbandgestaltung von Rudolf Flämig unter Verwendung
zweier Illustrationen von Frauke Trojahn
Typographie und Layout Kurt Thöricht

Alle Rechte vorbehalten, besonders die des Nachdrucks,
gleich in welcher Form, des Vortrags, der Übersetzung,
der Verfilmung, der Wiedergabe in Rundfunk- und
Fernsehsendungen sowie durch Schallplatten und andere Tonträger

© 1981 by arani-Verlag GmbH, Berlin
Printed in Germany
Satz Garamond (Linotron 505): IBV Lichtsatz KG, Berlin
Druck: Saladruck Steinkopf & Sohn, Berlin
Lithographie des Einbandbezuges und der Illustrationen:
Brand & Vejmelka, Berlin
Auflage: 10 9 8 7 6
Jahr: 1992 91 90 89 88

Inhalt

Lieber 'n bißken mehr . . .

Wissen Sie, was 'n »Berliner Spruch« is? Nee? Na jut, ick jeb Ihnen 'n Beispiel:

Wat, Sie wollen mein' Hund beißen
und ham selber keene Zähne?

Da es nun janz verschiedene Berliner Sprüche jibt, werd ick Ihnen noch'n Beispiel jeben:

Wat heißt hier Ente?
Det is'n Klapperstorch,
der sich de Beene abjeloofen hat.

Sie sehen daran, was so'n richtiger Berliner Spruch is, der hat keen' Sinn, ick meine so'n richtigen logischen. Und doch steckt was dahinter. Det ist jar nich so leicht zu entdecken und noch viel schwerer zu erklären.
Man kann zunächst mal sagen, was'n Berliner Spruch nich is. Er is keen Witz, obwohl er schon mitunter 'ne Pointe hat. Er

is keen Sinnspruch wie bei'n ollen Griechen. Er is keene Parodie oder Satire. Er is keene Spruchweisheit wie von unsern Klassikern. Er hat überhaupt nischt Jeregeltes und läßt sich ooch nich in irgendein System pressen.

Jeschichtlich jesehen hat der Berliner Spruch natürlich Väter. Aus'm vorigen Jahrhundert is da Adolph Glaßbrenner zu nennen. Wenn Sie beim ollen Glaßbrenner nachlesen, werden Sie finden, daß die damals schon janz herrliche Sprüche druffhatten:

Eener alleene is nich scheene.
Aber eener mit eene
und denn alleene –
det is scheene!

Oder nehmen Sie den Glaßbrenner unserer Tage, den Musensohn vom Berliner Wedding, der hieß Jonny Liesegang. Von dem stammt zum Beispiel:

Ick dachte, mir fällt der Mond uff'n Dutt

oder

Se sind woll vom Schmettaling jebissen?

Wie so'n Spruch eijentlich entsteht, weiß keener so recht zu sagen. Wo diese Spruchknüller herkommen, welche Knallschoten die erfinden, das hat noch keener erforscht.

Irgendwer oder irgendwas wird jedenfalls immer verulkt, verhohnepiepelt, uff'n Arm jenommen. Und sind Sie ehrlich: Sie müssen schon janz schön schlagfertig sein, wenn Sie so'n Berliner Spruch an'n Kopp jeschleudert kriejen, daß Ihnen nich de Spucke wegbleibt.

Am besten kommen Sie natürlich zurecht, wenn Sie uff'n Berliner Spruch mit'n noch treffenderen, noch deftigeren ant-

worten. Aber jlooben Sie man, det is jar nich so leicht. Denn was een richtiger Berliner Spruch is, der hat's in sich! Um so wichtiger is es, uff die Schnelle eenen mindestens ebenbürtigen, also jleichwertigen Berliner Spruch parat zu haben. Und dazu soll Ihnen, verehrter Leser, diese Lektüre verhelfen.
Sehn Sie, dieses Buch soll ja nich was für die Sprachforscher abjeben. Für die jibt es schon jenuch dicke Wälzer.
Nee, diese Sprüche sind in mühevoller Kleinarbeit zusammenjetragen worden. Janz bestimmt werden Sie erkennen, wie unjeheuer einfallsreich das menschliche Jehirn is, und wieviel unjeheuer einfallsreicher, wenn es an Spree und Havel lebt.
Nur da, in diesem einmaligen Territorium, kann doch so was das Licht dieser sonst so tristen Welt erblicken wie dieser epochal-phänomenale Berliner Spruch:

Ick hab so'n Hunger,
det ick vor Durscht nich weeß,
wo ick die Nacht schlafen soll –
so friert mir!

Luise Lemke

Wenn Ihnen die Berliner Sprüche Spaß machen und Sie noch weitere kennen, die hier noch nicht enthalten sind, schreiben Sie an

arani-Verlag GmbH
Postfach 31 0829
1000 Berlin 31

Wer Jott vertraut und Bretter klaut,
der hat 'ne billige Laube

Halte dir an die Natur, sie allein bejlückt
dir nur.

Hauptsache, man is jesund, und die Frau
hat Arbeet.

Ick amüsiere mir wie Bolle uff'n Milch-
wagen.

Ick seh's an deiner Stirne,
du hast 'ne weiche Birne.

Immer den Kopp hoch,
wenn der Hals ooch dreckig is.

Imma die Neese hochhalten – ooch wenn
et rinregnet.

Imma mit de Ruhe und dann mit'n Ruck.

Jeld macht nich jlücklich,
man muß et ooch haben.

Kloppe verjeht, Arsch besteht.

Kommen Se rin,
können Se rauskieken!

Konsequent oder inkonsequent,
aber nich det ewije Schwanken.

Lebenslauf, ick erwarte dir.

Lieber 'n bißken mehr, aber dafür wat Jutet.

Lieber reich und gesund
als arm und krank.

Lieber Jold in de Kehle wie Silber im Blick.

Lieber 'ne Jrete am Hals als 'ne Jräte im Hals.

Lieber Jott, laß Abend werden,
womöglich noch vorm Frühstück.

Auf jeden Topp paßt ooch 'n Deckel.

Aus nischt wird nischt.

Bei mir jib's nischt zu löten an de Holzkiste.

Man kann oft jar nich so dumm denken, wie't kommt.

Meckern is wichtig, nett sein kann jeder.

Mensch, sei helle, bleib Junggeselle.

Mir kann keener, ooch nich eener.

Mit Bezahlen wird det meiste Jeld verplempert!

'ne jute Ausrede is drei Taler wert.

Besser schlecht jefahren als jut jeloofen.

Besser 'ne Jlatze wie jar keene Haare.

Deine Sorjen uff 'ne Stulle –
keene Flieje würde satt von wer'n!

Det Leben is am schwersten
drei Tage vor dem Ersten.

Laß liegen, tritt sich fest.

Vornehm jeht die Welt zujrunde.

Doof bleibt doof, da helfen keene Pillen.

Doof is besser wie pucklich,
det sieht man nich so.

Dreimal abjesägt und immer noch zu kurz!

Dummheit is ooch 'ne Jabe Jottes,
aber man soll ihr nich mißbrauchen.

'ne olle Frau is doch keen D-Zug.

Nich kratzen – waschen!

Nischt Jenauet weeß man nich.

Ob Zwiebel oder Bolle,
det spielt hier keene Rolle.

Mancher muß überall seinen Senf dazujeben.

Spaß muß sein bei der Leiche,
sonst jeht keener mit.

Schöner Rücken kann ooch entzücken,
schöner Bauch tut's auch.
Schöner Hals ebenfalls.

Dicht daneben is ooch vorbei.

Die Oogen sind noch jut, nur die Arme werden zu kurz.

Een Haar in der Suppe is relativ viel, een Haar uff 'n Kopp is relativ wenig.

Een Schweißfuß kommt selten allein und macht noch keenen Frühling.

Eene Sommersprosse macht noch keene Leiter.

Ick jewöhne mir an allem – sojar an der Luft.

Satt – det Wort kenn ick nich. Entweder ick hab Hunger, oder mir is übel.

Ehrlich dauert am längsten.

Es jibt sone un solche, aber sone mehr wie solche.

Fall'n Se langsam, Frollein,
denn haben Se mehr Jenuß davon.

Faß mal 'n nackten Mann in de Tasche!

Jibt dir det Leben einen Puff,
so weene keene Träne.
Lach dir 'n Ast und setz dir druff
und bammle mit de Beene.

Gute Nacht, ihr Sorgen,
leckt mir am Arsch, bis morgen!

Wer nich arbeitet,
soll wenigstens jut essen.

Alle Pilze sind eßbar. Manche freilich nur einmal.

Allzuviel is unjesund.

Am schönsten is et uff der Welt,
wenn Vater mit Muttern Frieden hält.

Arbeit macht das Leben süß,
Faulheit stärkt die Glieder.

Abwarten und Tee trinken.

Sterben müssen wir alle,
aber ick laß mir nich jerne drängeln.

Über 'ne Brücke jeht allet,
über een jutet Bette nischt.

Vis-à-vis is besser wie dichte bi.

Vorsicht is die Mutter der Porzellankiste.

Wat man nich im Kopp hat, muß man in die
Beene haben.

Wat nich is, kann ja noch werden.

Wenn de nicht alt werden willst,
mußte dir jung uffhängen.

Wer A sagt, muß auch schloch sagen.

Wer anjibt, hat mehr von't Leben.

Wer die Arbeit erfunden hat,
muß ooch nischt zu tun jehabt ha'm.

Wer nischt erheiratet und nischt ererbt,
bleibt 'n armes Luder, bis er sterbt.

Wer Jott vertraut und Bretter klaut,
der hat 'ne billige Laube.

Arbeit adelt! Ick bleibe bürgerlich!

Wie man's macht, isset falsch,
und macht man's falsch,
isset ooch nich richtig!

Wir werden det Ding schon drehn.

Sieh da, sieh da, Timotheus,
die Olle fällt vom Omnibus

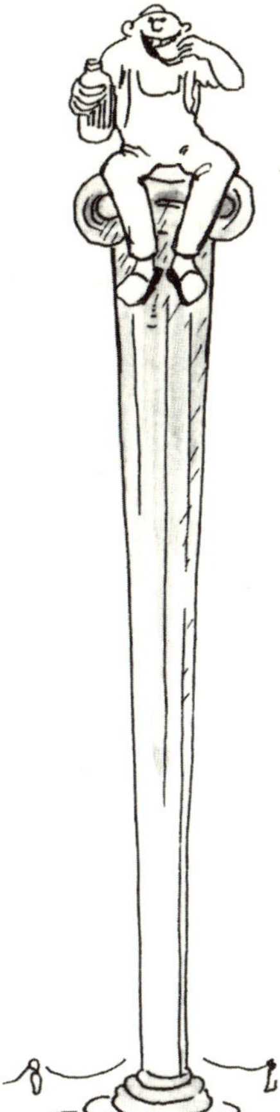

Wo ick sitze, is immer oben (frei nach Bismarck).

Joethe mußte sterben, Schiller mußte sterben, und ick fühl mir ooch jar nich wohl!

Johanna geht, und nie verkehrt sie wieder.

Der Jeist is willich, nur die Beene sind bammelich.

Der Mohr hat seine Schuldigkeit jetan,
der Mohr kann kaum noch jehn.

Det Berühen
der Fijüren
mit die Pfoten
is verboten.
Wer die Puppen
tut betuppen
mit die Klauen
wird verhauen.

Drum prüfe, wer sich ewig bindet,
ob sich nicht noch was Beßres findet.

Du kannst mir mal für'n Sechser,
da wir uns beede kenn',
bei Kranzler um die Ecke,
nach Kuchenkrümel renn'.

Durch diese kahle Hose muß er kommen.

Spare in der Not, da haste Zeit dazu.

Drängeln is aller Laster Anfang.

Bescheidenheit ist eine Zier,
doch weiter kommt man ohne ihr.

Damals ging's uns gut,
heute geht's uns besser,
es wäre besser, wenn es uns
wieder gutgehen würde.

Eener alleene is nich scheene.
Aber eener mit eene und denn alleene –
det is scheene!

Ehret die Frauen,
die stricken so scheene
wollene Strümpfe
für unsere Beene.

Ehret die Frauen,
sie weben und flechten
falsche Zöppe
mang die echten.

Ehret die Frauen,
sie flechten und weben
irdische Dornen
ins himmlische Leben.

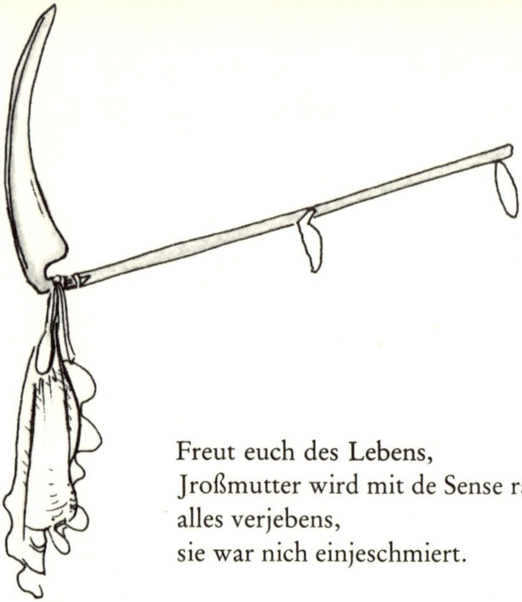

Freut euch des Lebens,
Jroßmutter wird mit de Sense rasiert,
alles verjebens,
sie war nich einjeschmiert.

Halb zog sie ihn
halb er sich aus.

Haut se, haut se,
immer auf de Schnauze.
Haut se mit verjnüchtem Sinn
immer in de Schnauze rin.

Herr Krücke und Frau Krücke,
jehn spazier'n uff de Jannowitzbrücke.
Da kam eene Mücke
und stach Herrn Krücke ins Jenicke.
Da nahm Herr Krücke seine Krücke
und haut die Mücke ins Jenicke –
Det war der Mord uff de Jannowitzbrücke.

Er stand auf seines Daches Esse
und schaute mit verjnüchter Fresse
uff zehn belegte Brötchen hin.
Dies alles is mir viel zu wenig,
begann er zu Ägyptens König,
jesteh, daß ick 'n Vielfraß bin.

Erhebe dir, du schwacher Jeist,
und stell dir uff die Beene.

Hier stehe ick, ick kann ooch anders!

Ick hab dein Bild im Traum jesehn,
mir blieb vor Schreck der Wecker stehn.

Joethe kennste nich, Schiller kennste nich
– aber mir wirste gleich kenn'lern'!

Bei mir Lohengrin:
Nie sollst du mich befragen.

Morgenstund' hat Jold im Mund,
wer lange schläft, bleibt ooch jesund!

Na also, sprach Zarathustra.

Niemand liebt dich, wieso ich?

Nur eenmal blüht im Jahr der Mai –
und zwölfmal blüht die Miete.

Juter Mond, du jehst so stille,
haste Filzpantoffeln an?

Keen menschlicher Verstand ermißt,
wat mancher für een Dussel is.

Bleibe im Lande und leere dich redlich.

Bei mir Venus von Milo: Hände weg!

Was du ererbt von deinen Vätern hast,
sollst du nicht vor dem Abend loben.

Wer nie sein Brot im Bette aß,
weiß nich, wie Krümel pieken.

Wer schläft, der sündigt nicht,
wer vorher sündigt, schläft besser.

Wo wir sind, ist vorn. Wenn wir hinten
sind, ist hinten vorn.

Wo rohe Kräfte sinnlos walten,
da schlägt der schönste Busen Falten!

Rache is Blutwurscht,
und Leberwurscht is Zeuge.

Geld macht nicht glücklich – aber es weint
sich leichter.

Der Wahn is kurz, die Reihe lang.

Sieh da, sieh da, Timotheus,
die Olle fällt vom Omnibus.

Timo, timo sieh dazius
die Ibiche des Kranikus.

So wat lebt – und Schiller mußte sterben.

Schön is die Jugend –
nu kommt nischt mehr.

Mit dem Gürtel, mit dem Schleier
wird der Spaß noch mal so teuer.

Mit dem Gürtel, mit dem Schleier
wurde endlich sie Frau Meier.

Geteiltes Leid is doppelte Freude.

Säufste, stirbste,
säufste nich, stirbste ooch,
also säufste

Frech wie Oskar!
Dumm wie Bohnenstroh!
Voll wie 'ne Strandhaubitze!

Halt dir senkrecht, Ede;
et kommt 'ne Biejung.

Halt dir senkrecht, Maxe,
kipp nich aus de Latschen.

Lerne saufen, ohne zu arbeeten.

Lieber'n Magen verrenken,
als dem Wirt wat schenken.

Lieber 'ne dunkle Ecke in der Kneipe
als 'n hellerleuchteter Arbeitsplatz.

Lieber besoffen und lustig
als nüchtern und doof.

Mein Mann is ooch sehr fürs Jrüne,
bloß er hat nischt Rechtet davon,
er ist immer jleich blau.

Prost Pulle, wie süß is dein Loch.

Bier uff Wein
det schmeckt fein.
Wein uff Bier
is jut for mir.

Da kannste eenen uff 'n Diensteid nehmen.

Dauernd besoffen is ooch rejelmäßig jelebt.

Der eine trinkt Wodka
der andre sitzt so da.

Der hat sich eklich eenen anjedudelt.

Der hat'n Kopp wie 'ne Eckkneipe:
da jeht allet rein und raus.

Die Liebe und der Suff,
die reiben den Menschen uff.

Säufste, stirbste,
säufste nich, stirbste ooch,
also säufste!

Säuft wie'n Jroßer und vaträgt wie'n Kleener.

Wer die Wirtin kränkt, wird uffjehängt.

Wo 'ne Destille is, is ooch een Weg!

Dummheit frißt,
Intelligenz säuft.

Ein Satz mit Amtsrichter:
Abends riecht er immer nach Schnaps.

Kommste übern Hund,
kommste übern Schwanz

Eene jut gebrat'ne Jans
is eene jute Jabe Jottes.

Grüne Woche: aus deutschen Landen frisch int Jesicht.

Ick denke, mir laust der Affe.

Immer sachte mit die jungen Pferde.

Er klaut wie'n Rabe.

Immer raus mit de Zicke an de Frühlingsluft.

Kieken Se mal, Ihr Jaul verliert seine Kugellager!

Kommste übern Hund,
kommste übern Schwanz.

Alle Möpse bellen, nur der kleene Rollmops nich!

Da wird ja der Hund in der Pfanne verrückt!

Der Appel fällt nich weit vom Pferd.

Der hört de Flöhe husten.

Der Storch hat Beene –
doch Waden hat er keene.

Det Denken überlaß man den Pferden,
die haben den jrößeren Kopp.

Det kann ick doch nich riechen, det is doch keen Schweinebraten.

Die Arbeet is keen Frosch,
die hopst mir nich wech.

Dir hat wohl der Esel im Jalopp verloren?

Een Arsch wie'n Achtzigdalerpferd.

Lieber 'ne Laus im Kohl als jar keen Fleisch.

Man wird alt wie 'ne Kuh
und lernt immer noch dazu.

Mein Name is Hase –
ick weeß von nischt.

Nachtigall, ick hör dir trapsen!

Noch een Wort,
und ick hau dir uff'n Kopp,
dette durch de Rippen kiekst,
wie der Affe durchs Jitter.

Nu brat' mir eener 'n Storch –
aber de Beene recht knusprig.

So siehste aus,
jroß und jrau und zwee lange Ohren.

Wat heißt hier Ente?
Det is'n Klapperstorch,
der sich de Beene abjeloofen hat.

Wat, Sie wollen mein' Hund beißen
und ham selber keene Zähne?

Mensch, koof dir doch'n Schwanz und jeh
als Affe!

Ein Satz mit Bellevue:
Ick belle wü een Hund.

Ein Satz mit Telefon:
Wenn Nachbars Köter Junge kricht, krieje
ick ooch 'ne Töle von.

Ach du meine Jüte –
drei Bonbons in eene Tüte

Immer rin in die jute Stube.

Jut is er, bloß taugen tut er nischt.

Kinder, zankt euch nich
und streit' euch nich;
kricht euch lieber in de Haare.

Mensch, red keen Blech!

Mutter deck de Betten ab,
der Besuch will jehn.

Wenn meine Frau sich auszieht, wie die dann aussieht!

Meine Frau is reinster Jugendstil – wenn die sich auszieht, liegt die Jugend uff'n Stuhl und der Stiel im Bett.

Orje, stell den Jarten raus,
und die beeden Oleander janz weit auseinander, dettet aussieht wie'n Park.

Pfarrer Nolte hielt et imma, wie er wollte,
aba
Pfarrer Assmann hat et imma mit de Hand
jehalten.

Bei mir Hannover: immer an de Leine.

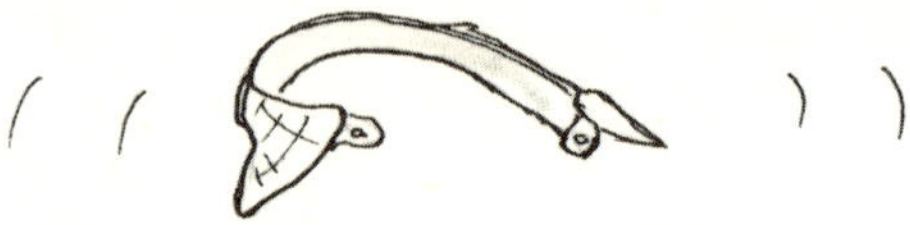

Ick denke, mir platzt der Kragen.

Ach, du jrüne Neune!

Ach du meine Jüte –
drei Bonbons in eene Tüte!

Ach Hedwich, ach Hedwich,
die Nähmaschine jeht nich.

Mir könn' Se keen Bonbon ans Hemde
kleben.

Der jibt an wie Baron Koks von de Jas-
anstalt.

Ein Satz mit Muttererde:
Mutta eh'r de jehst, schmeiß mir noch ne
Stulle runter.

Ein Satz mit Konzert, Feldmütze:
Cohn zerrt seine Olle uff's Parkett und fällt
mit se.

Woll'n wa mal sehn, sagte der Blinde, ob
der Lahme jehen kann.

So wie wir jebaut sind – Aluminiumbrust
und Plattbeene und 'n vanickelter Bauch-
nabel.

Vater, mir ist übel. –
Wat kommste denn bei mir,
stell dir mehr zu Muttern!

Von Zijarren gibt's zwee Sorten,
die eenen sind die jekooften,
die andern sind die jeschnorrten.

Wat Se vorn sehen is die Jejend,
wat Se dahinter nich sehen, is die Umje-
jend!

Wo der hinhaut,
da wächst keen Jras mehr.

Ach du jerechter Strohsack,
wärste doch 'n Jeldsack.

Dir laß ick an'n steifen Arm verhungern

Dir is wohl schon lange keen blutijet Ooge übers Chemisett jekullert?

Dir laß ick an 'n steifen Arm verhungern.

Dir werd' ick mal zeijen, wat 'ne Harke is!

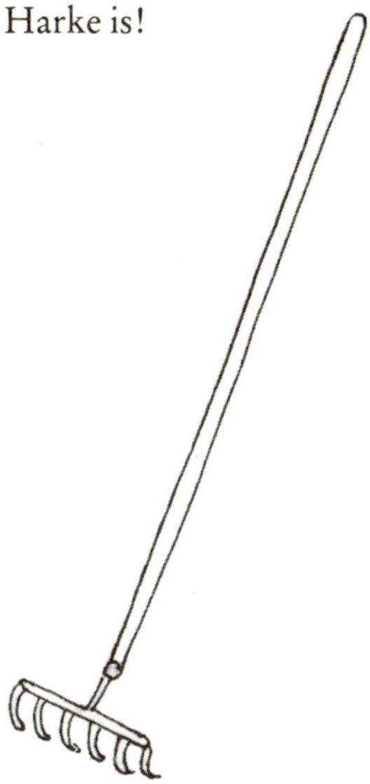

Du hast wohl schon lange nich mit 'ner Krankenschwester poussiert?

Du hast wohl lange keene Backenzähne jespuckt?

Du kannst mir mal im Mondschein bejegnen.

Een Schlag, und die Neese sitzt hinten;
der zweite wäre Leichenschändung.

Hast wohl lange nich dein eijenet Jeschrei
jehört?

Hau ab, oder ick beiß dir in de Neese.

Ick hau dir eene, det dir alle Jesichtszüje
entjleisen.

Beim ersten Schlag biste pensionsberech-
tigt, beim zweiten 'ne Leiche.

Det müssen Se eenen erzählen,
der keene Krempe an Hut hat.

Dir bin ick jut, dir könnt' ick stundenlang
in de Fresse hauen.

Dir ham se wohl mit de Muffe jebufft.

Dir ham se wohl mit'n jefrornen Wasch-
lappen jepiekt?

Dir hau ick uff'n Kopp, dette Plattbeene
krichst.

Dir hau ick uff'n Kopp, dette in keen' Sarg
mehr paßt.

Ick hau dir eene, dette die Engel im Himmel singen hörst.

Ick hau dir eene, dette nich weeßt, ob de 'n Junge oder 'n Meechen bist.

Ick schmeiß dir an de Wand, dette kleben bleibst und die Mordkommission dir abkratzen muß.

Ick spuck dir in de Oogen, dette wegschwimmst.

Jleich jibt's wat aus de Armenkasse.

Knall dir selber eene, ick hab jetzt keene Zeit dazu.

Riech mal an de Handschuhnummer,
riecht nach Friedhof, wa?

Stille biste, sonst jibt's eene uff de Rübe,
det deine Jurke denken soll, ihre Mutter is
een Kürbis jewesen.

Wenn Dummheit weh täte,
hörte man dir 'n janzen Tag schreien.

Entweder du dekolltierst dir höher,
oder du wäscht dir tiefer

Dumm jeboren, nischt dazujelernt und den Rest vajessen.

'n schönen Menschen entstellt nischt.

Entweder du dekolltierst dir höher, oder du wäscht dir tiefer.

Haste 'n Waffenschein für deine Säbelbeene?

Hinjefall'n biste? Komm her, ick heb dir uff!

Ick möchte Sonntag mal det sein, wat Sie sich wochentags einbilden.

Ihr Been is einjeschlafen? Sein Se froh, det es nich schnarcht!

Jehn Se mit Jott, aber jehn Se!

Keen Haar uff'm Kopp, aber 'n Kamm in de Tasche.

Keen Zahn im Maul, aber den Sportpalastwalzer pfeifen!

Keene falsche Scham nich, ick laß mir sowieso nur von een' Dussel beleidigen.

Dir ham se wohl mit'n Kinderwagen über
die Jrenze jeschmuggelt?

Dir ham se wohl mit kaltes Wasser verbrüht?

Dir ham se wohl mit'n Klammerbeutel jepudert?

Dir ham se wohl als Kind zu heiß jebadet?

Dir ham se den Verstand jeklaut
und keenen neuen einjebaut.

Dein Kopp uff'n Jeldschrank,
und ick kann vor Lachen nich einbrechen.

Dein Kopp uff de Briefmarke,
und die Post macht pleite.

Du hast wohl nich alle uff de Latte?

Du hast'n Kopp wie'n Kotelett: von allen
Seiten bekloppt.

Deine Beene sind wohl über de Tonne jebüjelt?

Mit die Neese kannste ja Jroßmuttern aus
de Erde buddeln.

Mutter, kiek mal aus Fenster, Willi jloobt nich, dette schielst!

Beim Popeln:
Wenn de oben bist, schreib 'ne Ansichtskarte.

Wenn Se uff Jold stoßen, benachrichtijen
Se mir – ick möchte mir dran beteiligen.

Mancher bohrt sich in der Neese und stößt
aus Versehen uff Öl.

Junge, popel nich so ville, laß noch wat
drin für morjen.

Pump mir mal dein Kopp,
ick will meine Jroßmutter erschrecken.

Pump mir mal dein Wasserkopp, mein
Holzbeen brennt.

Der schwimmt wie 'ne bleierne Ente uff'n Jrund.

Die hat so 'n Silberblick, det se sich selber in die Pupille kieken kann.

Allüren ham Sie, die würde ick mir mal rausnehmen lassen!

Bei dir ham se wohl einjebrochen und verjessen zu klaun?

Du hast's jut, du bist doof.

Du siehst aus wie bestellt und nich abjeholt.

Schade, det Ihre Frau keene Witwe is.

Wenn ick dir seh, fall'n mir alle meine Sünden ein.

Det is 'n Aas uff die Baßjeije.

Du hast wohl Tomaten uff de Oogen?

Du hast wohl nich alle Hühner uff'n Balkon?

Du hast wohl nich alle Tassen im Schrank?

Dein Kopp uff de Bettkante,
denn ham wa drei Jahre lang keene Wanzen.

Der sieht aus wie'n Pfannkuchen mit Beene.

Alter is keene Reifeprüfung, alt und jrau
kann jeder Esel werden.

Meckern Se nich so, det Ziejenfutter ist zu teuer.

Mensch, du mußt'n Zwilling sein,
eener alleene kann ja nich so dämlich sein.

Dir ham se wohl mit de Banane aus'm Urwald jelockt.

Woll'n Se Jott sei Dank schon jehn oder
bleiben Se leider Jottes noch een bißchen?

Ville red't er nich,
aber wat er sagt, is Quatsch.

Wenn de lang wärst,
wie de doof bist,
könnste kniend aus der Dachrinne saufen.

Rotkopp, die Ecke brennt,
Feuerwehr kommt anjerennt.

Sie müssen Ihren Kragen wieder mal teer'n,
det Weiße kommt durch.

So wat wie dir schmeißen se einem überall nach.

Bei mir Calais: jejenüber 'n Doofer.

Wenn er lacht, kriegen die Ohren Besuch.

Wenn de noch lange kiekst, denn schielste!

Kitzel mir mal eener, det ick lachen kann.

Kommst wohl aus Buxtehude, wo die Hunde mit 'n Schwanz bellen.

Schade, Schatz, du hast so schöne Oogen,
schade, dette schielst.

Steck dein Kopp nich aus Fenster, heute is Ballonschießen.

Lieb mir, oder ick zerhack dir die Kommode

Sie hat'n festen Herrn, den bewäscht und bekocht und beflickt se.

Wat ist det Leben ohne Liebesjlanz?
Een abjeknabberter Hammelschwanz.

Wie jeht's denn? Na ja, letztes Mal jing's noch.

Ob Zwiebel oder Bolle,
ick liebe meine Olle.

Ach Hedwich, ach Hedwich,
wat du jern hätt'st, det jeht nich.

Beene wie'n Liebesroman: Erst am Ende
kriejen se sich.

Die Liebe is een Feuerzeug,
det Herz, det is der Zunder,
und fällt een kleenet Fünkchen rin,
so brennt der janze Plunder!

Ick lernte se als Perle kennen,
nu jeht se mit die Kerle pennen.

Mit meine Braut von fuffzehn
mach ick det jrößte Uffsehn.

Ick knutsch dir, bis de schielst.

Heirate, und du lachst dir tot!

Mann is Mann, und wenn er in't Bette sitzt
und hustet.

Lieb mir, oder ick zerhack dir die Kommode.

Ach, mein lieber Eujen,
wolln wir nich ins Heu jehn?

Machen Se nich so ville Wind
mit Ihr kurzet Hemde

Früher hatten die Jören Rotzneesen,
heute ham die Rotzneesen Jören.

Hier kommste her und freust dir jefällichst.

Hier riecht det so nach Obst – hat vielleicht
eener 'ne weiche Birne?

Hier is aber 'ne schlechte Atmungsfäre.

Hitze hat se, sagt se, meint se, hätt' se.

Ick find mir hübsch, ick könnt mir dauernd küssen.

Ick hab so'n Hunger, det ick vor Durscht
nich weeß, wo ick die Nacht schlafen soll
– so friert mir!

Ick hatte jleich so'n Animus.

Ick kann ja nich so schnell zittern, wie ick friere.

Ick sitz wie uff Kohlen.

Je öller, je döller.

Janz Berlin war eene Wolke.

Bange machen jilt nich.

Bei mir Kirche –
oben Küster, unten Pastor.

Bei mir Schiefertafel –
uff mir kannste rechnen.

Bei mir Gummibusen –
da prallste ab.

Bei mir Jummiband –
ick zieh mir zurück.

Da schlag eener lang hin
und steh kurz wieder uff!

Du kannst ruhig du zu mir sagen,
ick sage schon selber 14 Tage Sie zu mir.

Du siehst ja aus wie Braunbier mit Spucke.

Sie woll'n mir wohl 'ne Locke ins Jemüt brennen?

Een Kind ohne Kopp is'n Krüppel zeitlebens.

Immer vornehm, Maxe, wenn dir ooch friert.

Mensch, tritt dir bloß nich uff de Schleppe.

Der reißt sich ooch keen Been aus!

Der hat Einfälle wie 'n ollet Haus.

Der jeht ran wie Hektor an de Buletten.

Der sieht aus wie 'n Totenjräber von de Schippe jehopst.

Det sieht doch 'n Blinder mit 'n Krückstock.

Laß doch det Kind die Bulette,
es ißt se ja nicht uff,
es spielt ja nur mit se.

Leute, kooft Kämme,
es kommen lausige Zeiten.

Machen Se nich so ville Wind mit Ihr
kurzet Hemde.

Mein Magen knurrt in Eß-Dur.

Kacke am Stock is ooch'n schönet Bukett.

Kiek mal aus Fenster, wenn de keen Kopp
hast.

Ick laß mir doch nich übern Nuckel schubsen.

Mensch, laß dir in Watte wickeln.

Mensch, Max, jeh in dir!
War ick schon, is ooch nischt los.

Nu weene man nich, nu weene man nich,
in der Röhre stehn Klöße,
du siehst se bloß nich.

Ober, bring'n Se Jeld, ick will zahlen!

Quatsch keene Opern.

Sieben Mann in een Sarg,
und jeder will 'n Fensterplatz.

Sieben Kinder und zwee Betten,
und keen Aas will an de Wand pennen.

Schadet meiner Mutter jar nischt,
det mir die Hände frieren,
warum kooft se mir keene Handschuhe.

Stell dir nich an
wie't Kind beim Dreck.

Bei mir Kölnisch Wasser: Verdufte!

Es wird jejessen, wat die Kelle jibt!

Es wird schon wern mit Mutter Bern.
Mit Mutter Horn is ooch jeworn.
Bloß Mutter Schmidten, die hat sehr jelit-
ten.

Faß Muttern an de Wade,
jetzt jeht's übern Damm.

Es jibt sone und solche,
und denn jibt es noch janz andere,
aber det sind die Schlimmsten.

Det is mir Jacke wie Hose.

Det dauert ja wieder ewig und drei Tage.

Det is klar wie Kloßbrühe.

Det paßt wie die Faust uffs Ooge.

Die sprechen perfekt auswärts.

Doof biste nich,
du vastellst dir bloß jut.

Du behandelst mir, als ob ick nischt koste.

Wat, ick mir Seife koofen?
Lieba wasch ick mir nich.

Wenn det stimmt, fress ick 'n Besen, aber
den Stiel vaquer.

Quatsch man keene Wellen, sonst kippt
der Kahn.

Wir brauchen keene Bauern, wir koofen
unser Jemüse uff'm Markt.

Du hast 'n Jemüt wie 'n Schaukelpferd.

Du hast wohl 'n kleenen Mann im Ohr!

Wir wer'n det Kind schon schaukeln.

Zähne wie de Sterne; nachts komm' se raus.

Die Illustratorin

Frauke Trojahn ist eine waschechte Berlinerin, mit Spreewasser getauft, hat immer hier gewohnt und verbringt, wie so viele Spree-Athener, ihre Ferien am liebsten in den Bergen. Sie ist verheiratet und hat zwei Kinder. Seit eh und je ist sie auf humorvolle Weise der Zeichnerei verbunden mit besonderer Liebe zu Tieren und Kindern. Ein weiteres Thema ist der Mensch in seiner heutigen Umgebung, das Milieu.

Frau Trojahn war seit 1968 einige Jahre Mitglied des Kreuzberger Bildermarktes und stellte später auch ihre Zeichnungen auf dem Kurfürstendamm aus. Inzwischen hat sie eigene Ausstellungen in Berliner Galerien, nimmt regelmäßig an der Freien Berliner Kunstausstellung teil und arbeitet bei der Arbeitsgruppe Berliner Architekturmalerei. Die Künstlerin – Schülerin von Gerda Rotermund – ist Mitglied des Berufsverbandes Bildender Künstler und arbeitet neben der freien Grafik auch als Illustratorin für Zeitschriften und für die Werbung.

Das waren noch Zeiten, als Bolles Olle auf ihn eindrosch und Zickenschulze heiratete

128 Seiten mit vielen Illustrationen

Berlinischer kann ein Berlin-Buch kaum sein: eine Sammlung von Liedern, Gassenhauern, Moritaten, die in und um Berlin geboren wurden und von hier aus um die Welt gingen. Berliner Humor zum Kringeln und natürlich zum Mitsingen, wenn Fritze Bollmann „uff'n Beetzsee ersoff", Bolle sich trotz der Keilerei in der Schönholzer Heide „janz köstlich amüsierte", Zickenschulze das vierte Mal heiratete und auf dem Hängeboden Gespenster spuken, wenn Miezens Mutter was „jejen Miezens Freund" hat, und das Liebesdrama an der Krummen Lanke, vielstrophig und zu Herzen gehend, zu Gehör gebracht wird.

Jonny Liesegang – Der Musensohn vom Berliner Wedding, der Glaßbrenner unserer Tage.

Band 1: **Det fiel mir uff!**
Band 2: **Det fiel mir ooch noch uff!**
Band 3: **Da liegt Musike drin!**
Band 4: **Det fiel mir ,,trotzdem" uff!**

Berlin literarisch

Erdmann Graeser: **Koblanks**
Erdmann Graeser: **Koblanks Kinder**
Roman einer Berliner Familie – 2 Bände

Julius Stinde: **Familie Buchholz**
Julius Stinde: **Der Familie Buchholz zweiter Teil**
Aus dem Leben der Hauptstadt – 2 Bände

Adalbert Georg Schramm: **Heiteres vom dritten Hof**
Ein Blick in das Herz des Berliners

Bernhard Friebel: **Unterwegs in Berlin**
Zeichnungen und Aquarelle. Eine Stadtwanderung für Kunstfreunde

Gustav Sichelschmidt: **Berühmte Berliner**

Robert Gilbert: **Meckern ist wichtig – nett sein kann jeder**
Berlinische Gedichte, die auch für die achtziger Jahre gültig sind

arani-Verlag GmbH

Augustastraße 20 B · 1000 Berlin 45
Telefon (030) 8 33 10 12

Lemkes Berlinische Schmunzelbücher

Luise Lemke: **Lieber'n bißken mehr, aber dafür wat Jutet**
Berliner Sprüche. Illustriert von Frauke Trojahn

Luise Lemke: **Laß dir nich verblüffen**
Berliner Witze. Illustriert von Frauke Trojahn

Luise Lemke: **Berlin, den Datum weeß ick nich**
Aus meinem berlinischen Poesiealbum. Illustriert von Frauke Trojahn

Luise Lemke: **Besser jut jelebt und det noch recht lange**
Noch mehr Berliner Sprüche. Illustriert von Frauke Trojahn

Luise Lemke: **Det schmeckt nach mehr**
Küche, Kochtopp und Jemüt. Illustriert von Cleo-Petra Kurze

Gustav Lemke: **Wie eiskalt ist's im Hemdchen**
Ein Berliner kiekt Theater. Illustriert von Frauke Trojahn

arani-Verlag GmbH
Augustastraße 20 B · 1000 Berlin 45
Telefon (030) 8 33 10 12